AF326289

1902. Avril. 18

COMMISSAIRES-PRISEURS DE ROUEN

ET DE L'ARRONDISSEMENT

VENTE

DE

BOISERIES SCULPTÉES

EN UN HOTEL A ROUEN

RUE GANTERIE, N° 71

Le Vendredi 18 Avril, à 2 heures de l'après-midi

ROUEN

IMPRIMERIE JULIEN LECERF

1902

NOTICE

DES

BOISERIES SCULPTÉES

DÉCORANT L'APPARTEMENT D'UN HOTEL PARTICULIER

A ROUEN, RUE GANTERIE, N° 74

Et dont la Vente aura lieu par le Ministère de Commissaire-Priseur

le Vendredi 18 Avril 1902, à 2 heures de l'après-midi

à Rouen dans le dit Hôtel

———

VISIBLES LES LUNDI ET MERCREDI, DE 2 A 5 H.

ET LE MATIN DE LA VENTE, DE 10 HEURES A 11 HEURES 1/2

———

CONDITIONS DE LA VENTE

Elle sera faite expressément au comptant; l'acquéreur paiera 10 o/o en sus du montant de l'adjudication, applicables aux frais.

Le délai d'enlèvement sera de quinze jours.

L'adjudicataire enlèvera lui-même et entièrement à ses risques et périls, sous la surveillance de l'Architecte des héritiers. Les avaries, s'il en existait, seront réglées directement entre l'adjudicataire et l'Architecte.

I. — BOISERIES.

Les boiseries sculptées se composent d'environ *soixante-douze* panneaux de l'époque de la Renaissance, à sujets allégoriques très variés qui sont superposés et au-dessous desquels court une draperie à replis.

Cinq de ces panneaux sont à blasons, savoir :

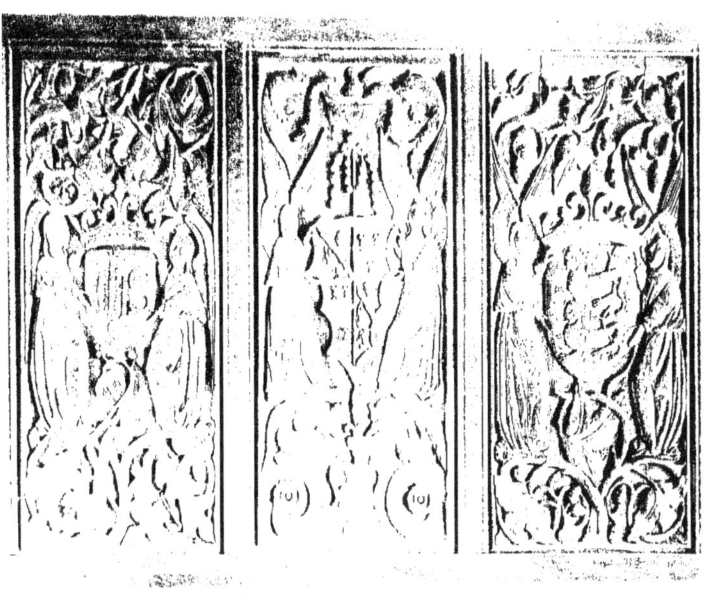

1° L'écu des du Val de Manneville, propriétaires de l'hôtel antérieurement à 1567 ;

2° Les armes de Rouen ;

3° Celles de Normandie ;

4° Les armes royales ;

5° Fleurs de lys et dauphin.

Trois panneaux portent des insignes religieux; neuf autres repré-
sentent des anges aux ailes éployées et tenant en mains les instruments
de la Passion.

Dix autres sont la reproduction de scènes profanes ou grotesques,
folies, etc.

Deux figurent le sacrifice d'Abraham et saint Jean-Baptiste?

Doit-on voir dans quatre autres panneaux des allusions au triomphe de Pétrarque et à l'entrée de Henri II à Rouen?

Tous ces panneaux sont encadrés dans d'autres plus petits à décors d'arabesques ou des frises.

II. — FRAGMENT DE CHEMINÉE.

Pan de cheminée en pierre finement sculptée avec incrustation de marbre noir, également de l'époque de la Renaissance.

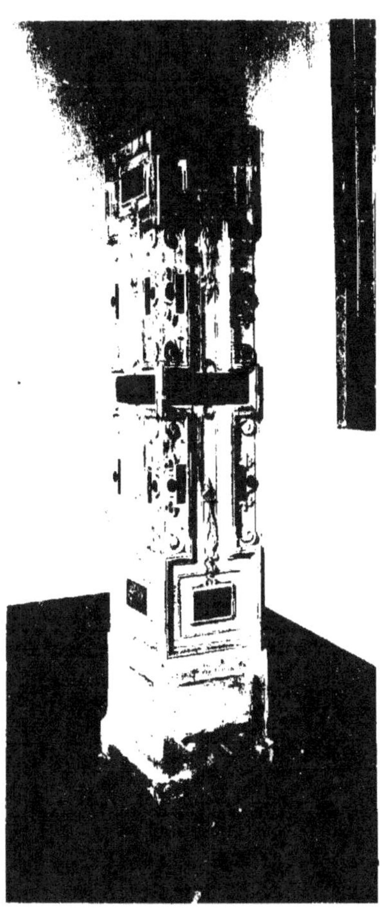

HISTORIQUE

DES DEUX FAMILLES NOBLES

LES DU VAL DE COUPEAUVILLE ET LES DU VAL D'ÉPREMESNIL

QUE LE NOBILIAIRE DE MAGNY A IDENTIFIÉES

Etienne du VAL, sieur de Coupeauville et des Brières, épousa Jeanne Preudhomme qui lui aurait apporté la vavassorerie de Coupeauville.

Il en eut un fils, Jean III, maintenu dans sa noblesse le 21 février 1478.

André du VAL, écuyer, sieur de Coupeauville, fils du précédent, épousa Marie Olivier, et mourut en 1567. Allemin, son frère, élu à Rouen, hérita de la vavassorerie ; il eut de Jacqueline Boullay, son épouse, un fils nommé Raoul.

Raoul du VAL vécut à Rouen avec son père sur la paroisse de Saint-Martin-sur-Renelle (la maison de la rue Ganterie, nº 74, était bien située en effet sur la dite paroisse).

Il fut reçu Conseiller à la Cour des Aides en 1751, maintenu dans sa noblesse le 27 juillet 1577, et mourut en 1584.

Charles du VAL, son fils, sieur de Varengeville, l'Ormaye, Antigny et Manneville-en-Auge, remplit la même charge, Conseiller aux Aides. Chargé par Henri IV en 1597 de procéder à des recherches contre les employés de la gabelle et contre les commis insolents ; ses recherches dans les greniers à sel se poursuivirent jusqu'en octobre 1599.

Charles du VAL, sieur de Manneville, porte écartelé au premier et dernier, à bâton à nœuds posé en bande, accompagné d'un lien et pot avec anses ; le tout d'or ; aux deuxième et troisième d'argent, à la fasce de gueules, accompagnée de trois rocs de sable, deux et un.

Cet écu existe encore sur la cheminée de la cuisine de l'hôtel et a été reproduit sur un des panneaux ci-dessus.

Rouen — Imp. J. Lecerf

RED. :

20

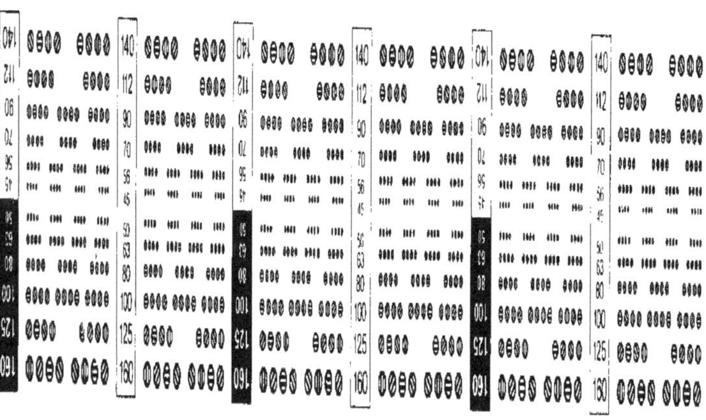
MIRE ISO N° 1
NF Z 43-007
AFNOR
Cedex 7 - 92080 PARIS-LA-DÉFENSE
379.89.70
graphicom

0 1 2 3 4 5 6 7 8 9 10

BIBLIOTHEQUE NATIONALE DE FRANCE

****

CHATEAU DE SABLE

1996

www.ingramcontent.com/pod-product-compliance
Lightning Source LLC
LaVergne TN
LVHW021459060726
842527LV00006B/2338